कशिश

प्रियांशु रावत

notionpress
.com

INDIA • SINGAPORE • MALAYSIA

Notion Press

No.8, 3rd Cross Street
CIT Colony, Mylapore
Chennai, Tamil Nadu – 600004

First Published by Notion Press 2021

ISBN 978-1-63873-668-4

Dedicated to

Ajay Kumar Pandey
& Priyanka Rawat

CHAPTER - I

मेरा नाम प्रत्युष है। आज पूरे 4 महीनों बाद अपने देश वापिस लौट रहा हूं। अब क्या करूं, काम ही कुछ ऐसा है जो मुझे हिन्दुस्तान की धरती मे कम ठहरने देता है। दरसल मैं मर्चेंट नेवी मे हूं। मेरे जहाज का नाम है रिलेशनशिप। हंसिए मत, कसम से यही नाम है। इस वक्त मैं मुंबई बंदरगाह से करीब 5 नोटिकल माइल की दूरी पर हूं। यहां से मुंबई की ऊंची-ऊंची इमारतें जैसे कि गेटवे, ताज, बी.एस.ई (BSE) अब दिखने लगे हैं। आसान लफ्जों में कहु तो जमीन दिखने लगी है। इस वक्त सबसे ज्यादा खुशी की बात तो ये है कि नेटवर्क आने लगा है और मैं अपना मोबाइल डाटा चालू कर चुका हूं।

कितनी उम्मीद से व्हाट्सएप खोला मगर उम्मीद से हद से कम सिर्फ एक मैसेज आया है, अभय का। अभय मेरा जिगरी यार यानि कि मेरा घनिष्ठ एवं परम मित्र। हां तो अभय ने मैसेज में लिखा है कि, “पहुंचते ही फोन करना”।

पहुंच तो गया हूं मगर काम से फुर्सत मिलते-मिलते श्याम के 6 बज गए तो अब 6 बजे के बाद मैंने अभय को फोन किया। फोन उठाते ही अभय बोला,

"हाय बड़ी कहा है?"

"इस वक्त जहाज पर ही हूं" मैंने बोला।

"तो फिर जल्दी निकल वहां से"

अब देखो जब इतने दिनों बाद दोस्त से मिलने जा रहा हूं तो जाहिर सी बात है शराब से अच्छा और उमदा ख्याल तो मेरे जहन को छू भी नहीं सकता।

मैंने अभय को 9 बजे का वक्त दिया और जगह बताई सनशाइन बार हालांकि मैं खुद तय वक्त से पहले वहा 7 बजे ही पहुंच चुका था। वो क्या है ना कि इंसान तनहाई में खुदको तलाशता है। अभय के बिना पीना शुरू करू ऐसा मेरा कोई इरादा नहीं था बस कुछ सवाल थे जो मुझे बार-बार परेशान कर रहे थे।

"आखिर उसने मुझे याद क्यों नहीं किया?

उसका एक भी मैसेज या फ़ोन मुझे क्यों नहीं आया?

क्या इतना आसान होता है किसी को भुला पाना?

क्या अब वो मुझसे प्यार नहीं करती?"

मैं अपने सवालों में उलझा हुआ था तभी अचानक मेरी नजर घड़ी पर पड़ी जिसमें सवा नौ बज रहे थे। मैंने तुरंत अभय को फोन लगाया लेकीन उसका फोन बिजी आ रहा था।

मैं समझ गया कि उसका भी कोई लफड़ा चल रहा है। संजना, हां यही नाम था उसकी मोहब्बत का। उन दोनों के

बीच अभी बातों ही बातों में झगड़ा चल रहा था। अभय ने कल व्हाट्सएप पर स्टेटस डाला था। वो एक तस्वीर थी जिसके नीचे उसने कुछ लिखा तो नहीं था मगर दिल जरूर बनाया था।

हू केन सी माय स्टेटस उसने माय कॉन्टेक्ट्स एक्सेप्ट संजना भी कर दिया था। ऐसा उसे लगा कि उसने पूरे एहतियात से इस काम को अंजाम दिया है मगर ऐसा कुछ नहीं हुआ। आखिरकार संजना ने देख ही लिया। फिर क्या था, उसके सवाल और पूछताछ दोनों अभय के कानों को चुंबने लगे। संजना के लिए तस्वीर मे जो लड़की थी उसकी पहचान जानना जरूरी था, और इससे भी ज्यादा जरूरी था ये जानना कि वो अभय की क्या लगती है।

अभय उसे समझाना चाहता था मगर वो उसे कुछ कहने का मौका दे तब तो। थक हारकर अभय का सब्र भी जवाब दे चुका था। उसने भावनाओं मे बहकर कह दिया, “तुम्हें जो समझना है समझ लो अगर प्यार समझती हो तो वो भी समझ लो।”

अब तो बवाल हो गया। खलबली मच गई। क्या बताऊं... मतलब संजना जो बरसी ना अभय पर, आहा! जबरदस्त, मजा ही आ गया।

एक बात जान लो दुनिया वालों। प्यार से पंगा लोगे तो ऐसा ही कुछ तुम्हारे साथ भी घटित होगा। मेरी तो एक ही नसीहत है। अभी भी वक्त है समय रहते चुपके से खिसक लो, वरना पछताने में ज्यादा देर नहीं लगेगी।

खैर संजना का गुस्सा सातवें आसमान पर था, उसने ऊंची आवाज में अभय से कहा, “अब सब खत्म, तुम मुझे हर जगह से ब्लॉक करो इसी वक्त।”

“चिल्लाओ मत। जुबान मेरे पास भी है सब्र और लिहाज एक हद तक करूंगा, और मैं क्यों ब्लॉक करूं तुम्हें, तुम्हें दिक्कत है तो खुद क्यों नहीं ब्लॉक करती मुझे। इसलिए ना कि फ्यूचर में तुम्हें एक बहाना, एक सबूत मिल जाएगा मुझे बुरा साबित करने के लिए।” इतना कहते ही अभय ने फोन काट दिया।

संजना ने फिर फोन किया। अभय ने मजबूरी में उठाया। उधर से एक आवाज आई,

“तुम मुझे ब्लॉक कर रहे हो या नहीं?”

अभय ने भी सख्त लहजे में कहा “हां हां कर रहा हूं, अभी कर रहा हूं। क्या अब तुम थोड़ा वक्त दोगी मुझे ब्लॉक करने के लिए?” अभय ने फिर फोन काटा और संजना को हर जगह, फेसबुक, इंस्टाग्राम, व्हाट्सएप्प, फोन की कॉन्टैक्ट लिस्ट, मतलब हर जगह से ब्लॉक कर दिया।

जैसे ही अभय ने ब्लॉक किया वैसे ही एक नए नंबर से उसे फोन आया। उसने फोन उठाया और कहा “हेलो”।

उधर से जवाब आया “अच्छा मैंने ब्लॉक करने को कहा और तुमने कर भी दिया। मैं जानती थी तुम मुझसे पीछा छुड़ाना चाहते हो। बोलो ना - बोलो ना ये सब उस लड़की का करा धरा है ना?” अभय भी सोचा जा रहा था कि ये किस किस्म की बकवास करें जा रही हैं?

उधर कितना कुछ हो चुका था और इधर मैं इस बात से अनजान, बेखबर पापड़ और सलाद ठूस रहा था। ऐसा नहीं है कि मैं वेज हूं, लेकिन अभय वेज है। खैर अभय पहुंचने ही वाला

था तो उसने किसी जरूरी काम का बहाना मारते हुए फोन रख दिया। जैसे ही वो अंदर दाखिल हुआ उसने मेरी तन्हाई देखी और सामने रखी हुई शराब की बोतल जिसे मैं आधी गटक चुका था। अभय ने मेरे करीब आकर मुझसे कहा "क्या हुआ प्रत्युष?"

मैं चुप रहा। उसने फिर पूछा,"क्या हुआ बात नहीं करेगा क्या?"

"अरे बातें करने के लिए ही तो इतना तरस रहा था कि सोचा थोड़ी पीकर अपने आप से बाते करूँगा।"

"हां सच कहा, तेरी बातों से मुझे आज यकीन हुआ कि प्रेम के अभाव में इंसान मानसिक रोगी तक बन सकता है।" अभय ने कहा। ये सुनकर हम दोनों हंसने लगे, मैं अपनी कुर्सी से उठा और उसे गले लगा लिया।

"कहां रह गया था तू आने में इतना वक्त लगा दिया। नौ बजे मिलने को कहा था और यहा दस बजने वाले हैं।"

"अरे यार ये सब सवाल पूछने का वक्त नहीं है, एक घंटे बाद तेरी ट्रेन है घर जाना है या नहीं?"

CHAPTER - II

हां मैं आज छुट्टी जा रहा हूं, अपने घर उत्तराखंड। दुरोंतो एक्सप्रेस, मुंबई सेंट्रल से रात सवा ग्यारह बजे की मेरी ट्रेन है। B4, 20 - लोअर बर्थ। चलो एन मौके पर सीट भी कंफर्म हो गई।

इस वक्त मैं दादर मे हूं और यहां से मुंबई सेंट्रल का सफर लगभग 15 मिनट का है। अगर आपको मुंबई मे सबसे तेज सफर करना है तो यकीन मानिए मुंबई की लोकल ट्रेन का कोई मुकाबला ही नहीं। मैंने भी यही सोचा है। दादर यानि कि यहां से लोकल पकड़ूँगा, अगला स्टेशन प्रभादेवी फिर लोअर परेल फिर महालक्ष्मी फिर आखिरकार मेरी मंजिल मुंबई सेंट्रल।

दस बज रहे थे, यानी कि अभी फुर्सत का एक घंटा बाकी था। मैंने अभय के लिए भी लार्ज बनाया और फिर हमारी बातें शुरू हुई। अभय पहले से भी ज्यादा मोटा हो गया था। मैंने आंखों से इशारा करते हुए कहा, “भाई कम करले इसे”

“पंडित हूं ये तो विरासत में मिला है” अभय ने पेट सहलाते हुए कहा।

“अच्छा अभय सुन, इशिता की फेसबुक आईडी चेक करना।”

“क्यों?”

“बस कंफर्म करना चाहता हूं कि उसने मुझे ब्लॉक किया है या नहीं?”

अभय और मैं टेबल पर आमने सामने बैठे थे। उसने मुझसे कुछ नहीं कहा और फेसबुक से इशिता की कुछ फोटो सेव करके मुझे व्हाट्सएप कर दिया। इतना ही नहीं उसने आखिरी में एक पोस्ट भी भेजा जिसमें वहीं घिसी-पीटी एक लाइन लिखी थी “मोहब्बत की आखरी मंजिल ब्लॉक लिस्ट होती है।”

अभय ने संजना और उसके बीच जो कुछ भी हुआ था उसके बारे में मुझे अभी तक कुछ नहीं बताया था। शायद इस कम वक्त में उसके लिए अपने ब्रेकअप से ज्यादा जरूरी हमारी दोस्ती थी। फिर भी जो इंसान खुद ब्लॉक लिस्ट में है वो मेरे साथ ऐसा मजाक कैसे कर सकता है?

अभय ने मुझे टाइम याद दिलाया, “दस पचपन हो गए है, चल मैं तुझे छोड़ आता हूं”

“नहीं यार बहुत टाइम है, अभी बैठ तू” लगता है शराब का असर मुझे होने लगा था लेकिन क्या करें अब तो चस्का लग चुका था। अभय ने फिर जिद करी मगर मैंने कहा “मेरी ट्रेन है, जब मुझे परवाहा नहीं तो फिर तू चुपचाप बैठ।”

अब इतने दिनों बाद मिल रहे थे तो बहुत सारी बातें थी करने के लिए। वैसे तो शुरुआत में हम दोनों एक ही जहाज में

काम करते थे, सेलिंग करते थे, मगर पिछले साल हम दोनों ने अलग-अलग शिप में काम करना पसंद किया। वजह बस इतनी थी कि अभय ज्यादा दिनों या महीनों की सेलिंग नहीं करना चाहता था तो उसने वो शिप चुना जो ज्यादा से ज्यादा एक महीने की सेलिंग के बाद वापस मुंबई आ जाता था।

दरसल ये अभय की जरूरत थी क्योंकि अभय के बड़े भाई की शादी जल्दी होने वाली थी और जाहिर सी बात है वो इसे मिस नहीं करना चाहता था।

हम दोनों बातों ही बातों में इतने मसरुफ हुए की समय का हिसाब रखना ही भूल गए। इस दौरान अभय का फोन बार-बार बज रहा था लेकिन वो ध्यान ही नहीं दे रहा था, तभी मुझे भी फोन आया। घर से फोन आया था, पापा का। मैंने ज्यादा पी ली थी तो फोन उठाना मुझे ठीक नहीं लगा। अब मुझे मेरी ट्रेन का ख्याल आया, रात के बारह बज रहे थे और मेरे भी।

“ट्रेन छूट गई है अब हम कर भी क्या सकते हैं तू परेशान मत हो” अभय ने कहा।

मैं थोड़ा उलझा हुआ था, सोचा कि ये हो क्या गया मेरे साथ। मैं अभय पे गुस्सा हुआ। मैंने कहा कि उसको ख्याल रखना चाहिए था कि मैं ज्यादा ना पियू, ये सब उसकी गलती है उसी की वजह से मेरी ट्रेन मिस हो गई। बेवकूफी की हद तो तब हो गई जब मैंने उसे मुंबई सेंट्रल चलने को कहा।

“भाई ट्रेन छूट गई है होश में आ” उसने समझाया लेकिन मैं कहां समझने वाला था। मैं जबर्दस्ती उसे अपने साथ मुंबई सेंट्रल ले गया और फिर वहां से वापस भी लाया।

“अब क्या करें” मैंने कहा।”

“करना क्या है, लौट जा अपने शिप में और कल की ट्रेन करवा ले।”

“हां अब तो यही ऑप्शन है।”

“चल पहले मैं तुझे तेरे शिप में छोड़ आता हूं” मैंने अभय से कहा।

“मेरा शिप यहां नहीं है”

“क्या मतलब यहां नहीं है”

“मतलब सेलिंग चले गया अभी दस बजे”

मेरे तो होश उड़ गए, अपने कानों पर यकीन नहीं हुआ। आखिर ये लड़का कैसी बहकी बातें कर रहा है। मैंने पूरी संजीदगी से पूछा “तो तूने बताया क्यों नहीं, तू पागल है क्या और तुझे बार-बार फोन शिप से ही आ रहा था ना?” कुछ देर हम दोनों चुप रहे, चारों तरफ सन्नाटा छा गया फिर मैंने ही अपने सर पर हाथ रखकर उसे पूछा।

“क्या करेगा अब ना जाने कितना नुकसान हुआ होगा?”

देखी जाएगी जो होगा, “कटता है तो कट जाए सारा जीवन संघर्ष में, कदम कदम पर समझौता हमारे बस की बात नहीं।” यही कहा था उसने उस दिन, जो मुझे आज तक याद है। उसने क्या गवाया था उसे इस बात का थोड़ा भी गम ना था, कोई अफसोस ना था। मैं हैरान था मगर फिर मुस्कुराया और कहां, “शिप एक महीने से पहले तो आने से रहा, तबतक गुजारा कैसे करेगा?”

“मैं देख लूंगा सब, इस शहर में बहुत जान पहचान है मेरी कोई परेशानी वाली बात नहीं”

“फिर भी कभी मदद की जरूरत पड़े तो मुझे जरूर याद करना।”

“हां बिल्कुल, तू तो अपना जिगरी दोस्त है यार” बस अब मैं अभय को अपने जहाज पर ले गया, उसे केबिन दिखाया वो वही सो गया। मैंने अपनी सुबह की ट्रेन करा ली। सुबह हुई हम स्टेशन पहुंचे। अभय ने मुझे रवाना किया मैंने उसे अलविदा कहा।

CHAPTER - III

अब मैं अपने सफर पर था। मुझे घर पहुंचने का इंतजार था और घरवालों को मुझसे मिलने की बेसब्री। घर की बात ही कुछ अलग है। हम सब ने अपना बचपन यहां गुजारा होता है।

आज भी दरवाजा खुलने से पहले माँ मेरी आहट पहचान लेती है। माँ ने जैसे ही बस की आवाज सुनी तो भरी दुपहरी मे तलवे कितने भी जलते हो, फिर भी उनका नंगे पांव छत पर आना मुझे याद है। माँ का प्यार होता ही इतना अनमोल है कि तपती छत पर चलना भी उन्हें ऐसे लगता है मानो साहिल की ठंडी रेत पाव को छू रही हो।

मैं घर पहुंचा, सब के पैर छुए गले मिला फिर माँ ने कहा "हाथ-पैर धो ले मैं खाना लगाती हू।" माँ ने खाना परोसा और फिर हम सब ने एक साथ खाना खाया। मुझे बस 15 दिन की छुट्टी मिली थी उसके बाद फिर से सेलिंग जाना था। इस बार सिंगापुर। मैं आज सफर से काफी थका हुआ था लिहाजा उस रात जल्दी सो गया। जब सुबह उठा तो अभय का एक मैसेज

आया हुआ था, बल्कि वो एक तस्वीर थी, मेरी तस्वीर। मुझे भी नहीं मालूम उसने वो तस्वीर कब खींची। ये तस्वीर उस वक्त की थी जब मैं उसे जबरदस्ती मुंबई सेंट्रल ले गया था, हालांकि ट्रेन जा चुकी थी। उस तस्वीर में मेरा हंसता हुआ चेहरा था और साथ ही तस्वीर के नीचे अभय की लिखी हुई एक बात "मुस्कान मोहताज नहीं होती।" आज मुझे एक बात समझ आई कि खुशी मिलनी हो तो एक तस्वीर से ही मिल जाती है, ना मिले तो सारे जहां में कहीं नहीं मिलती।

CHAPTER - IV

आज मैं अपने छुट्टी के 15 दिन पूरे कर चुका हूं। फ्लाइट है मेरी, मुंबई जल्दी पहुंचना है। मैं देहरादून पहुंचा, जौलीग्रांट एयरपोर्ट से अपनी फ्लाइट पकड़ी जो करीब ढाई घंटे बाद मुझे मुंबई पहुंचाने वाली थी। इस हवाई सफर के बाद मैं जैसे ही एयरपोर्ट से बाहर निकला मैंने उसे देखा जिससे मिलने की मुझे उम्मीद नहीं थी। वो मेरा इंतजार कर रही थी। उसके चेहरे पर खुशी थी। सावला रंग एक लाल लिबास पहने हुए अपनी आंखों से वो चश्मा उतार रही थी। उसके कदम अब मेरी और बड़ रहे थे, वो और करीब आ रही थी। मेरी सांसे तेजी से चलने लगी। वो मेरे सामने खड़ी थी, हमारे बीच कोई फासला नहीं था। एक पल को तो सब ठहर गया। उसे देखकर महसूस हुआ वो कुछ कहना चाहती थी मगर फिर भी खामोश थी। मैंने उसकी इस उलझन को समझा और उसका नाम लिया "इशिता"। उसकी आंखें नम थी। वो अपने आंसू रोकना तो चाहती थी मगर उसकी तरसती बाहों ने मुझे गले लगा लिया था। कितनी अजीब बात

है ना, सेक्स! हां मजेदार होता है मगर क्या कभी किसी ने आपको इस कदर जोरों से गले लगाया है कि आपको मोहब्बत का एहसास हुआ हो। मैं महफूज था, एक तसल्ली थी, इत्मीनान था उसकी बाहों में। उसके छूने से मेरे दिल को राहत पहुंची थी। मैंने उसके गालों को अपने दोनों हाथों से छुआ और उसे भरोसा दिलाया कि अब सब ठीक है।

ये वही इशिता थी जिसके मैसेज का, जिसके फोन का इंतजार मुझे सेलिंग से आने के वक्त से अबतक था। जिसका फेसबुक प्रोफाइल मैंने अभय को देखने को कहा था। खैर इस वक्त मैं खुश था। अपना गुजरा हुआ कल मैं भूल चुका था।

अचानक मुझे रिलेशनशिप का ख्याल आया। मुझे सेलिंग जाना था और वक्त बहुत कम था। मैंने इशिता से कहा कि अब मुझे जाना होगा, लौट कर जल्दी वापस आऊंगा। इशिता ने कहा कि वो मुझे रिलेशनशिप तक पहुंचा देगी। वो अपनी स्कूटी लाई थी। इशिता ने पूरी रफ्तार से स्कूटी भगाई।

"मुझे रिलेशनशिप जाना है अस्पताल नहीं।"

"क्या..?"

"मैंने कहा मुझे रिलेशनशिप जाना है अस्पताल नहीं।"

"अरे तुम देखते जाओ इतनी जल्दी रिलेशनशिप पहुंचाऊंगी की सड़क भी हैरान रह जाएगी" इशिता ने और तेज एक्सीलेटर देते हुए कहा।

हमने आधे घंटे का सफर 20 मिनट में तय किया। मेरा मन नहीं था जाने का लेकिन इशिता ने मुझे जाने को कहा।

फिर अचानक से उसने मुझे टोका, “रुको” उसने मुझे एक चिट्ठी पकड़ाई और कहां, “अब जाओ और जल्दी वापस आना।”

मैं रिलेशनशिप की ओर आगे बडा। पीछे पलट कर देखा तो इशिता बाय बोल रही थी। मैंने भी एक लंबा सा हाथ हवा मैं लहराते हुए उसे अलविदा कहा।

CHAPTER - V

आखिरकार अब मैं रिलेशनशिप मे था। मेरा जहाज किनारों से अलग होता गया और इशिता भी मेरी नजरों से दूर होती रही। इशिता से जुदा होकर इस समंदर में अब मुझे विरानापन महसूस होने लगा था। कोई तकलीफ थी तो भस ये अकेलापन जो इशिता की यादों को मुझसे दूर नहीं होने देता था। मैंने रात को सोने से पहले इशिता का खत पड़ा।

“जानती हूं क्या सोच रहे हो। यही ना कि मुझ पर गुस्सा करोगे या मुझे माफ करोगे। चलो मैंने शुरुआत नहीं की, कुछ नहीं कहा मगर तुम क्यों चुप रहे? अच्छा तो मुझे सजा देना चाहते हो। तो क्या अब तुम्हें मेरे साथ रहकर दो बातें करना भी पसंद नहीं। प्रत्युष तुमने मुझे बहुत सारी अच्छी यादें दी है जिन्हें मैं उम्र भर याद रखूंगी। मैंने लाख कोशिश की तुम्हें भुलाने की मगर इंसान के दिल में कोई बस जाए तो उसे भुला पाना मुमकिन नहीं, और अब तो तुम मेरे इतने पास आ गए हो कि तुम्हारे और करीब आने को जी चाहता है। हो सके तो मुझे माफ कर देना।”

विद लव "इशिता"

मैंने उसके लिखें हर एक लफ़्ज़ को अपने हाथों से छुआ। मेरी आंखों से नींद जा चुकी थी। मैं बिस्तर पर लेटा उसके बारे में सोच रहा था। एक शायरी पड़ी थी कभी, "ना जाने कौन सी दौलत होती है कुछ लोगों के लफ्जों में, बात करते हैं तो दिल की खरीद लेते हैं।" आज ये शायरी मुझे सच लगी। तो अब जब उसके खयालात मेरे जहान में ख्वाब बनकर आने लगे है, तो मैं आप सब को भी अपनी कहानी सुनाता हूं।

आज से 2 साल पहले मैने इशिता को पहली बार जब देखा था। माफ करना पहले तो इशिता ने मुझे देखा था, तब जब अभय और मैं घाटकोपर के किसी बस स्टॉप में बैठे आराम से आइसक्रीम खा रहे थे। आइसक्रीम खाने में कोई बड़ी बात तो नहीं लेकिन, अजीब बात ये थी कि हम बारी-बारी से दोनों एक ही आइसक्रीम को खा रहे थे। खाते-खाते मैंने अपनी नजर चारों तरफ दौडाई, और दौड़ते दौड़ते मेरी नजरों ने इशिता को देखा। वो हम दोनों को बहुत पहले से ही अपनी टैक्सी से झांक कर देख रही थी। जब मेरी नजर उससे मिली तो उसने अपनी नजरें ना हटाई ना ही पलके झुकाई।

"ध्यान कहां है तेरा" अभय ने पूछा।"

"देख ना उस लड़की को कैसे घूरे जा रही है"

"लगता है भाई वो हम दोनों के बारे में बहुत गलत सोच रही है"

"छी यार इसे मुझे दे, जा तू अपने लिए नई खरीद कर ला" मैंने अभय से आइसक्रीम छीनते हुए कहा।

"इतनी पसंद आ गई क्या तुझे आइसक्रीम" अभय ने हंसते हुए कहा।

"बकवास मत कर पसंद तो मुझे वो लड़की आ गई है" मैंने मुस्कुराते हुए कहा।

"तो फिर चलते हैं बात करने, इसमें सोचना क्या है?"

अभय के पास बाइक थी। वहां सिग्नल ग्रीन हुआ हम जल्दी से बाइक में बैठे और इशिता का पीछा किया।

"आज तो तुझे सीधा इसके घर ले जाऊंगा।"

"और फिर उसके घर वाले हमारी सेवा करेंगे।"

"आशिकों की खिदमद तो हर कोई करता है।" हम दोनों हंसने लगे।

अब देखो मैं तो था प्यार में पूरा क्रांतिकारी जो मोहब्बत की हर हद से इस वक्त गुजर सकता था। इशिता की टैक्सी रुकी, वो उससे उतरी और पैदल चलने लगी। हम भी बाइक से उतरे और उसका पीछा करने लगे। थोड़ी देर पैदल चलने के बाद इशिता पीछे पलटी।

"मान गई तो पीछा यहां तक कर रहे हो।"

"नहीं हम तो यहां किराय पर एक कमरा तलाश रहे हैं"

"तो फिर इतने घबराए हुए क्यों हो?"

"वो क्या है ना कि कमरा मिल नहीं रहा।"

"हां मिलेगा भी कैसे, ये गर्ल्स हॉस्टल है।"

मैंने चारों तरफ देखा फिर कहा "अरे हां लग तो रहा है, मैंने ध्यान नहीं दिया।"

इतनी देर मे इशिता की दो दोस्त वहां पर आई और इशिता से पूछने लगी, "कौन है ये, जानती है क्या इन्हें।"

"नहीं तो, नहीं जानती। लेकिन ये दोनो जरूर जानते हैं मुझे, तभी तो पीछा कर रहे थे। है ना?"

"हां जानता हूं, आप ही है ना वो जो कुछ देर पहले हमें घूरे जा रहे थी।"

"हां अब क्या करें आपकी हरकतें ही कुछ ऐसी थी"

"हा हा अच्छा" मैंने अपने सिर के पीछे हाथ रखते हुए कहा।

"वैसे आप क्या कर रही हैं यहां, मतलब इस गर्ल्स होटल मैं।"

"क्यों बताऊ, जान ना पहचान। मैं अजनबी लोगों से बात करने में अपनी जिंदगी का कीमती वक्त जाया नहीं करती।"

"अच्छा तो फिर पहले जान पहचान ही कर लेते हैं। मेरा नाम प्रत्युष है और ये है मेरा दोस्त अभय।" इतना कहते ही मैंने अपना हाथ आगे बढ़ा दिया। उसने हाथ मिलाते हुए कहा "इशिता, इशिता सहगल।" पहली बार मैंने आज उसका नाम सुना था।

"अच्छा इशिता हम सच में रहने के लिए जगह ढूंढ रहे हैं। तुम मेरा नंबर ले लो, कहीं कुछ पता चले तो मुझे बता देना। अब इतनी मदद तो कर ही सकती हो।" मैंने इशिता को अपना नंबर देते हुए कहा।

"मुझे लगता है अब हमें चलना चाहिए" ये कहते हुए मैंने इशिता से विदा ली।

मैंने अभय को चलने का इशारा किया। अब जितना पैदल आए थे उतना पैदल वापस भी तो जाना था। अभय ने मेरे कंधे पर हाथ रखा और बोला, “भाई हम कमरा ढूंढ रहे हैं तूने बताया ही नहीं” ये कहकर वो हंसने लगा और फिर बोला,

“भाई मान गए प्रत्युष, प्यार के दाव-पेच तो कोई तुझसे सीखे। मुझे भी ये हुनर सिखा दे।”

“नहीं यार प्रेम शास्त्र में तो तू मझा हुआ खिलाड़ी है। प्यार के मामले में तुझसे मुकाबला मतलब, ये तो सूरज को चिराग दिखाने जैसी बात होगी।” मैं भी ये बोलकर हंसने लगा।

CHAPTER - VI

जानते हैं दुनिया में अरबो लोग मौजूद है लेकिन, जब आप किसी से प्यार करते हैं तो दुनिया की सारी आबादी, बस उसी एक इंसान में समा जाती है। बस यही हाल अब मेरा था। अब इंतजार था तो उसके मैसेज का जो ना जाने कब आएगा।

शाम को मैं अपने शिप में पहुंचा। सबसे पहले तो मैंने अपना फोन चार्ज पर लगाया, तभी मेरी नजर उसके मैसेज पर पड़ी। "हाय"

अब क्या है ना कि अंदर नेटवर्क ढंग से आता नहीं तो मैने फौरन चार्ज से फोन हटाया और अप्पर डेक पर गया।

"बहुत तेज है आप बड़ी जल्दी रूम ढूंढ लिया।" मैंने टाइप किया।

"इतनी जल्दी कहां। कल संडे है, आ जाना साथ में ढूंढना होगा। वैसे भी मैंने कहा था कि सिर्फ मदद करूंगी।"

"तो कल सुबह?"

"नहीं दिन में। वैसे तुम रह कहां रहे हो?"

"होटल में, और कहां ठ्हेर सकता हूं, चलो सही है इसी बहाने लंच साथ में ही कर लेंगे।"

"देखते हैं, सोचना पड़ेगा।"

"ठीक है सोच लो, अच्छा कितने बजे मिलना है।"

"1 बजे"

"ठीक है"

अब क्या बताऊं मेरी खुशी का तो कोई ठिकाना ही नहीं रहा। मैंने तुरंत अभय को फोन लगाया,

"ओए कहां है, मुझे अभी मिलना है तुझसे।"

"क्या हुआ बात तो बता"

"कल एक बहुत खास और जरूरी मुलाकात करनी है। उसी से जिससे आज मिले थे।"

"भाई हीरा है तू। शाबाश, ये हुई ना बात, मैं अभी आता हूं।" अभय ने कहा और फोन रख दिया।

थोड़ी ही देर में अभय मेरे दरवाजे पर खड़ा था। उसने दरवाजा खटखटाया, मैं दौड़ कर दरवाजा खोलने गया हालांकि दरवाजा लॉक नहीं था। जब मैं दौड़कर दरवाजा खोलने जा रहा था तो जल्दबाजी मे मेरा पैर फिसला और मैं धड़ाम से नीचे गिर गया। गिरने की आवाज सुनते ही अभय ने दरवाजा खोला और कहा, "कुछ नहीं हुआ चल उठ जल्दी" मैंने देखा अभय ढेर सारी चॉकलेट लाया था।

“भाई ये सब मेरे लिए इसकी क्या जरूरत थी”

“तेरे लिए कुछ नहीं है। ये सब इशिता के लिए है। पहली बार खाली हाथ जाएगा क्या मिलने।

धीरे-धीरे अब रात ढली फिर सुबह हुई और अब मैं तैयार था इशिता से मिलने के लिए। मैं वही पहुंचा जहां उसे कल मिला था। थोड़ी देर बाद वो भी वहा पहुंच गई। उसने मेरी तरफ देखा और पूछा, “ये सब क्या है?”

“तुम इतना कुछ कर रही हो हमारे लिए तो हमारा भी तो कुछ फर्ज बनता है।”

“बातें अच्छी कर लेते हो।”

“शुक्रिया, अब ये तो बता दो जाना कहां है?”

“कहीं भी, कहीं से भी शुरुआत कर सकते हैं”

“तो फिर पहले कही फुर्सत से खाने चलते हैं बाकी काम बादमें।”

सामने ही पिज्जा हट था। मैं इशिता को वहां ले गया। इशिता के बैठने के लिए पहले मैने कुर्सी पीछे खींची।

“तुम सच में ऐसे ही हो क्या?” इशिता ने पूछा।

“नहीं, सुधर रहा हूं मदद करोगी” मैंने मेनू कार्ड इशिता की तरफ बढ़ाते हुए कहा।

“अपनी पसंद बताओ, क्या मंगाऊं?” मैंने इशिता से पूछा।

इशिता ने अपनी उंगली मेनू कार्ड में ऊपर से नीचे खिसकाते हुए कहा पेप्परोनी पिज़्ज़ा। मैंने आर्डर किया। मुझे अब लगा

और मैंने फैसला लिया कि इशिता को सब सच बताना सही होगा। मैंने उसे बताया कि मैं कोई रूम नहीं ढूंढ रहा। बताया कि मेरा काम क्या है, नेवी में हूं इंपोर्ट एक्सपोर्ट का कारोबार है। मुझे समझ नहीं आ रहा था कि बात आगे कैसे बडाऊ इसीलिए झूठ का सहारा लिया। ये सब सुनकर कुछ देर इशिता चुप रही फिर एकदम से हंसने लगी।

"जान-पहचान, बात आगे बढ़ना हा, किस लिए? आखिर वजह क्या हो सकती है।"

"वजह तुम अच्छी लगती हो।"

"बस अच्छी!"

"वजह प्यार भी हो सकती है" मैंने कहा।

"पहली नजर का प्यार खतरनाक साबित हो सकता है और फिर इस आफत से रोज मिलना होगा, अब सोचलो"

"मंजूर है, ऐसी खूबसूरत लड़की से हर रोज मिलना चाहूंगा भले ही वो आफत हो"

यही से शुरू हुई हमारे प्यार की कहानी। हम अब अक्सर मिलने लगे, रोज बात करने लगे, एक दूसरे को अच्छे से जानने लगे, पसंद-नापसंद, एक दूसरे की आदतों से भी मुखातिब हुए। एक वक्त के बाद रिलेशनशिप की वजह से हमारे बीच के रिश्ते में दरार आने लगी, जिसकी खाई हर दिन और गहरी होती गई। मेरे जहाज और उसकी सेलिंग की वजह से हम दोनों को एक दूसरे के लिए वक्त नहीं मिल पाता था। एक बार अचानक मुझे सेलिंग जाना पड़ा। उस दिन मैं इशिता को मिलने का वादा कर

चुका था पर अचानक हुई इस सेलिंग में मैं उसे अपने जाने की खबर तक ना दे सका। वो इंतजार करती रही मगर मैं नहीं आया, और आया भी तो 6 महीनों बाद। यही वजह थी कि वो मुझसे नाराज थी।

CHAPTER - VII

एक सेलर की जिंदगी आसान नहीं होती। सेलिंग के दौरान कई सारे रिश्ते कमजोर हो जाते हैं और कई खास दिन जैसे कि कोई त्यौहार, किसी का जन्मदिन तो किसी की शादी हमारी गैर मौजूदगी मे ही बीत जाती है। इस दौरान कोई इस दुनिया को छोड़ देता है तो कोई इस दुनिया में अपना पहला कदम रखता है। हम सेलिंग करते हैं नेटवर्क नहीं रहता, रहता है तो बस ये समंदर जिसके बीच ये जहाज हमें लेकर आगे बढ़ता है। दुनिया में क्या चल रहा है कुछ मालूम नहीं पड़ता। खुदके परिवार, दोस्तों की जिंदगी कैसी चल रही है ये भी पता नहीं चलता। सबसे ज्यादा मुश्किल और मुसीबत के दिन तो मानसून सेलिंग के होते हैं, जब समुंदर में ऊंची-ऊंची लहरें उठती है। जब आप गहरे समुंदर से गुजरती है तो जहाज एक हद तक बेकाबू हो जाता है। जहाज इतना हिलता है कि आपका सिर भी घूमने लगता है और आप लगातार उल्टियां मारते रहते हैं। ऐसा हाल होता है कि आप भूख लगने पर खाना तक नहीं खा सकते

क्योंकि एक निवाला तक हलक से नीचे नहीं उतरता। इसी को हम आसान लफ़्ज़ों मे सी सिकनेस कहते हैं। मुझे तो यहां हर वक्त ऐसा लगता है जैसे मैं किसी झूले पर सवार हूं। यकीन मानिए आप इस हालत में चैन से सो भी नहीं सकते क्योंकि कब कोई भारी चीज अपनी जगह से टूटकर या खिसककर आपके ऊपर आ गिरे कुछ कह नहीं सकते। यहा हादसों की कोई कमी नहीं है, आप अपनी जिंदगी तक गंवा सकते हैं। जिन लोगों ने आज तक मानसून सेलिंग नहीं की है उन्हें मैं एक बहुत जरूरी जानकारी देना चाहूंगा। जब आप सुबह-सुबह फ्रेश होने जाए तो टॉयलेट सीट के अगल-बगल दो हैंडल होते हैं, उन्हें कसकर पकड़े। वरना हालत बहुत नाजुक हो सकते हैं और आप गंभीर रूप से जख्मी तक हो सकते हैं। ऐसे हादसों में चोट कहां और कितनी लगेगी इस बात का अंदाजा आप खुद लगा सकते हैं।

नेवी की सबसे बड़ी खासियत जो तकरीबन हर किसी का सपना होता है, यानि कि अलग-अलग शहर और कई देशों की यात्रा करना, नए-नए लोगों से मिलना, पूरी दुनिया घूमना। इसके अलावा सेलिंग के दौरान आपको तरह-तरह के समुंद्री जीव दिखाई देते हैं। डॉल्फिंस दिखती है, कछुए दिखते हैं, रात को चांद तारे बिल्कुल साफ नजर आते हैं। चांद का प्रतिबिंब समुंदर के खारे पानी पर नजर आता है और फिर बड़ी ही खूबसूरती से उनकी रोशनी पानी में घुल जाती है।

CHAPTER - VIII

इस बार मैं 135 दिनो के बाद खुशी से वापस लौटा। इतने दिनों कि बेसब्री के बाद जब इशिता से मिलने की कोशिश की तो जाना की वो अपने ससुराल जा चुकी है। घबराइए मत ऐसी ही है मेरी किस्मत। ऊपर वाले ने यही इनाम दिया मुझे मेरी मोहब्बत का। मैं बिखर चुका था, फिर महशार अफरीदी की वो शायरी याद आई, “दर्द-ए-दिल की कोई दवा ही नहीं, इसलिए मैं तो सोचता ही नहीं।” मेरा दिल जरूर टूटा मगर मैंने जीना नहीं छोड़ा। मैं इस गम से उभरा और फिरसे अपने यार दोस्तों के साथ जीना सीखा। जिंदगी ने आज एक नया मोड़ लिया, जाने अनजाने में एक नई दोस्त मेरी जिंदगी से जुड़ने वाली थी।

मैं फेसबुक चला रहा था। अचानक एक तस्वीर सामने आई। उस तस्वीर में जो लड़की थी वो मेरी फ्रेंड लिस्ट में नहीं थी मगर मेरे ही किसी स्कूल के दोस्त ने उसे टैग किया था। एक नीले रंग की साड़ी पहनी थी उसने। वो उसकी 12th की फेयरवेल की तस्वीर थी। मैंने उसकी उस फोटो को लाइक किया

और तभी मुझे अभय का फोन आया। मेरी नौकरी लग चुकी थी तबतक। मैं मुंबई में था। ये बात होगी तकरीबन 4 साल पुरानी। मैंने अभय का फोन उठाया। उसने कहा कि आज घूमने चलते हैं, गुट्टा भी आ रहा है। गुट्टा का असली नाम प्रवीण है, लेकिन हम दोस्त उसे गुट्टा ही बुलाते हैं। गुट्टा ने एक सेकंड हैंड बाइक खरीदी थी। बाइक एक और हम थे तीन, अभय, गुट्टा और मैं। तो हम ट्रिपली ही बाइक पर बैठे सारा शहर घूम रहे थे। रात होते ही गुट्टा ने एक सुनसान सड़क पर बाइक रोक दी। हम तीनों बाइक से उतरे और गुट्टा ने कहा कि अब तू बाइक चला। मैंने उसे बताया कि मुझे बाइक चलानी क्या, मुझे तो संभालनी भी नहीं आती। गुट्टा ने कहा कि कोई बात नहीं तू अभी सीख ले, टूटने दे, गिरने दे बाइक को कोई परवाह नहीं, बस तू सही सलामत रहना।

आखिरकार पहली बार उस दिन मैंने बाइक चलाई। अच्छी बात ये थी कि मुझे साइकल आती थी इसलिए संतुलन बनाए रखने में ज्यादा दिक्कत नहीं हुई। घूम-फिरकर जब हम अपने-अपने जहाजों में वापस लौटे और मैने फुर्सत से सांस ली, मैंने अपने फोन में फ्रेंड रिक्वेस्ट देखी, उसी लड़की की जिसकी आज सुबह मैंने फोटो लाइक करी थी। हालांकि आज जब मैं उसे याद दिलाता हूं कि हमारी दोस्ती की शुरुआत मेरे एक लाइक और उसकी एक फ्रेंड रिक्वेस्ट से हुआ था तो वो मुझसे लड-भिड़ जाती है और कहती है कि मैं तो फ्रेंड रिक्वेस्ट भेज ही नहीं सकती, जरूर तूने ही फ्रेंड रिक्वेस्ट भेजी होगी। अरे मैं इतनी सी बात के लिए क्यों झूठ बोलूंगा लेकिन वो मेरी बात समझे तब तो।

हां तो वापिस अब अपनी बात पर आता हूं। उसने फ्रेंड रिक्वेस्ट भेजी मैंने एक्सेप्ट करी। बहुत दिनों तक हमारे बीच कोई बात नहीं हुई। ना उसने मैसेज किया ना मैंने। खैर मैंने इस बात पर ज्यादा ध्यान भी नहीं दिया। कुछ दिन और बीते फिर मैंने सोचा कि ये कैसी अडियल लड़की है, ना कोई हेलो-हाय ना कोई दुआ-सलाम। मैंने अब खुद ही उसकी खबर लेना सही समझा।

मैंने उसे मैसेज भेजने शुरू कर दिए। उसके रिप्लाई भी आते लेकिन मैं जितना भी लिखलू उसका बस एक वन वर्ड आंसर ही आता, या फिर इससे भी कम। वो क्या करती थी कि रिप्लाई मे अक्सर इमोजी भेज देती थी वो भी बेकार सा टेढ़े-मेढ़े, आड़े-तिरछे मुंह वाला।

मैं परेशान था उसकी इन कम बातों से फिर भी कोशिश करता था कि किसी तरह बातें आगे बढ़े। धीरे-धीरे बातें करते-करते मैं फेसबुक से इंस्टाग्राम तक पहुंचा। मैंने उसका नंबर मांगा। उसने नंबर दिया भी। फेसबुक, इंस्टाग्राम और अब मैं व्हाट्सएप पर प्रतिक्षा से जुड़ गया। प्रतिक्षा हां यही नाम है उस नीली साड़ी वाली लड़की का। प्रतिक्षा और मेरी अब फोन पर भी बाते होने लगी। मुझे उस लड़की से जरा सी भी गुंजाइश नहीं थी कि वो आगे चलकर मेरी इतनी गहरी दोस्त बनेगी जितनी आज है। इसकी साफ वजह यही थी कि उसकी बातों में मुझे थोड़ी सी भी दिलचस्पी नजर नहीं आती थी।

CHAPTER - IX

प्रतिक्षा से मेरी बातें अब शुरू हुई है जबकि देखा मैंने उसे पहली बार ट्वेल्थ क्लास में था। मुझे अभी भी अच्छे से याद है कि क्लास के सारे लड़कों के बीच उस दिन हंगामा मच गया था। खबर ऐसी थी कि एक नई लड़की एडमिशन लेने आई है, वो भी हमारे स्कूल, हमारी क्लास मे, टवेल्थ साइंस। सारे लड़के क्लास छोड़कर दरवाजे से बाहर भागे उसे देखने। एक मे था जिसे कोई मतलब नहीं था उस लड़की से, तो मैं चुपचाप अपने बेंच पर बैठा रहा। अचानक एक लड़के ने मेरा हाथ खींचा और जल्दबाजी में बोला, "चल प्रत्युष तू भी चल उसे देखने" लेकिन मैंने सख्त मना कर दिया। हमारी क्लास का अगला पीरियड स्पोर्टस का था। जैसे ही बेल बजी एक अकेला लड़का मैं और बची सारी लड़कियां जो उस वक्त तक जलन के मारे चिड़चिड़ी हो चुकी थी क्लास से बाहर निकले। बाहर निकलते ही मैंने प्रतिक्षा को जाते हुए देखा। कुछ हुआ ही नहीं यार, मतलब वो दिखाते हैं ना मूवीस और टीवी में पहली नजर का प्यार, ऐसा

कुछ महसूस हुआ ही नहीं मुझे। ना उसके आने की खुशी थी मुझे, ना ही उसे जाते हुए देखने का गम सता रहा था और ना ही फिर मिलने की उम्मीद मैं कर रहा था।

स्कूल मे एक बार कोशिश की थी उसने मुझसे बात करने की हालांकि कोशिश कम और मजबूरी ज्यादा नजर आई मुझे। मैं उसकी आगे वाली सीट में बैठा हुआ था और उसे करनी थी चीटिंग एगसाम में। तो उसने पीछे से आवाज लगाना शुरू कर दिया, "प्रत्यूष-प्रत्यूष सुन सेवंथ वाले का आंसर बता जल्दी से"। उसकी लाख कोशिशो के बाद भी मैंने उसे अनदेखा कर दिया। उसने भी हार नहीं मानी और अपनी पेन का ढक्कन हटाया और पूरी जान से मेरी पीठ पर वार किया। मैं गुस्से से पीछे पलटा मगर तब तक टीचर ने हमें देख लिया था तो मैंने प्रतिक्षा को सुनाया नहीं। थोड़ी देर बाद मैं खुद एक सवाल में अटक गया और बेशर्म इतना कि उस सवाल का आंसर पीछे प्रतिक्षा से पूछने लगा।

उसने आंसर बताया भी, मुझे बहुत शर्मिंदगी हुई तो मैंने भी उसे सेवंथ का आंसर बताया लेकिन तब तक उसने अपने आस-पड़ोस बैठे या बैठी छात्र छात्राओं से उस सवाल का उत्तर जान लिया था। बस यही एक किस्सा हुआ था स्कूल में। इतनी ही बातचीत हुई थी। इसके बाद हम सभी का स्कूल पूरा हुआ और उसके बाद प्रतिक्षा का कोई अता पता नहीं था। मैंने उसे ढूंढने की जहमत तक नहीं की थी लेकिन कुछ सालों बाद वही उसकी फोटो पर मेरा लाइक और मेरे फेसबुक पर उसकी फ्रेंड रिक्वेस्ट। यहीं से शुरू होती है हमारी दोस्ती की दासता।

CHAPTER - X

मुझे याद है कि एक बार जब मैं छुट्टी पर था तो कुछ दिन देहरादून रुका। हम दोनों एक ही शहर में थे तो मैंने प्रतिक्षा से मिलने का मन बना ही लिया। इतने सालों बाद आखिरकार मैं उसे मिलने जा रहा था। वो एक छोटी सी मुलाकात थी लेकिन इतने कम वक्त में मैं इतना तो समझ गया था कि प्रतिक्षा मेरी सोच से बिल्कुल अलग थी। खुशमिजाज, जिंदादिल और दोस्ती निभाने वाली प्रतिक्षा।

मैं अपनी हर छुट्टी प्रतिक्षा से मिलते रहा। बस एक छुट्टी ऐसी थी जिसमें मैं नहीं मिला, कारण था प्रतिक्षा का सत्संग से लगाव। प्रतिक्षा हर इतवार सत्संग जाया करती थी। कुछ भी हो जाए भले ही कैसी भी जरूरत हो या आफत हो, चाहे दुनिया ही खत्म क्यों ना हो जाए लेकिन ये लड़की अपना सत्संग नहीं छोड़ सकती। जनवरी की सर्दी थी मेरा जन्मदिन भी था और साथ ही मैं छुट्टी पर दून में था। जन्मदिन के दिन मुझे अपने गांव जाना था तो ठीक एक दिन पहले मैंने प्रतिक्षा को मिलने

के लिए कहा। अब देखो हुआ ऐसा कि उस दिन बदकिस्मती से इतवार ने अपनी जगह ले ली। इतवार की दोपहर थी और प्रतिक्षा ने कहा आज नहीं, तू एक दिन और यहां रुक जा। मैं रुका भी लेकिन उसे नहीं बताया। मौसम बहुत खराब था उस दिन। जोरों की बारिश हो रही थी। चलो कोई बात नहीं कभी-कभार किस्मत और कुदरत दोनों एक साथ खिलाफ हो जाते हैं। वैसे भी मेरी जिंदगी किसी चुटकुले से कम थोडी ना थी। जनवरी 2019 का पहला इतवार मेरे साथ मजाक कर गया था।

देखो ऐसा है, कहते हैं किस्मत और कुदरत के सामने किसका बस चलता है। मैं कहता हूं कोशिश का। एक-दो दिन की मायूसी के बाद मैंने ठान लिया कि अब कोशिश में कोई कसर बाकी ना रह जाए। अरे मुमकिन छोड़िए हर नामुमकिन कोशिश तक की है मैंने। अब मैंने मौकों की तलाश बंद कर दी और प्रतिक्षा के हिसाब से मिलना और बात करना शुरू कर दिया। जगह, टाइम, दिन सब उसकी मर्जी का। अब जिंदगी कहीं आसान लगने लगी थी। बस एक छोटा सा बदलाव आया था मुझमें। मुझे जो ये हर हफ्ते का आखिरी दिन होता है ना "संडे", इससे बड़ी नफरत हो गई थी।

बहरहाल अब दून की आवो-हवा में बदलाव था। प्रतिक्षा से मिलने से पहले ये शहर अनजान मालूम पड़ता था और अब तो जैसे सावन की बारिश हो, बसंत की बहार हो। सारा शहर हमने घूम लिया था। एफ.आर.आई, बुदधा टेम्पल, सहस्त्रधारा, पेसिफिक मॉल, राजपुर की सड़कें, कैफ़े, रेस्टोरेंट सब। सच कहु इतना कोई किसी के साथ घूमे और वक्त बिताए तो उसे

उसकी आदत जरूर हो जाएगी लेकिन मुझे तो उससे लगाव होने लगा था।

कभी-कबार जब मैं उसे बड़े गौर से देखता और खामोशी से सुनता, और जब वो चलती। देखो वैसे तो वो अपनी जुल्फों को बांध कर रखती थी मगर जब कभी वो उन्हें आजाद करती तो मुझे उसकी जुल्फें स्लो मोशन मे चेहरे से सरकती, और फिर हवा में बिखरती नजर आती थी। ये क्या हो रहा था मेरे साथ? मैं इन खयालों से बाहर निकलना चाहता था मगर फिर उसकी जुल्फे मेरी सोच पर परदा कर देती थी। वो बहुत ही अलग लड़की थी, बिल्कुल निडर जो बिना लाइसेंस के अपनी स्कूटी पर सारा शहर घुमाया करती थी। स्कूटी में पेट्रोल भले ही कम हो लेकिन हिम्मत से भरपूर थी वो। उसका बस चले तो वो दिल्ली, हरियाणा, यूपी, हिमाचल हर जगह अपनी स्कूटी चलाएं।

मुझे कुछ तो हुआ है इस बात का एहसास तो हुआ लेकिन इस आवाज को शांत करने का तरीका मैं अभी तक ढूंढ नहीं पाया। मुझे लगा कह दूं उसे लेकिन फिर नतीजे से भी डरता था, हालांकि नतीजा मुझे पहले से ही मालूम था। ऐसी कसमकस में कई दिन गुजरे, रात ढली और फिर एक दिन आ ही गया। वो ऐतिहासिक दिन, जिस दिन मैंने ये फैसला कर लिया कि आज तो खुलासा होकर ही रहेगा।

देखो मुझे तो बस दिल की बात कहनी थी। रिलेशनशिप में रहने का कोई इरादा नहीं था, ना ही हां सुनने की कोई ख्वाइश। मेरे दिल में प्यार की बात अगर रह जाती तो बड़ा अफसोस

रखता और फिर काश कहकर में आहे नही भरना चाहता था। मुझे ऐसी जिंदगी थोड़ी ना जीनी है जहां मैं सस्पेंस में जीता रहूं। तो बस बहुत हुआ। मैंने अपने अंदर की सारी हिम्मत बटोरी और कह दिया उससे कि प्यार करने लगा हूं तुमसे। देखो मैं इनकार झेल सकता हूं लेकिन हंसी कैसे बर्दाश्त करूं। वो लड़की जोर-जोर से हंसने लगी। यहां मुझे घबराहट के मारे सांस नहीं आ रही और ये लड़की मजाक समझ रही थी। खैर अब कैसे समझाता उसे। मैंने रहने दिया। कुछ महीनों तक इस बारे में हमारे बीच कोई बातचीत नहीं हुई। फिर जब कुछ महीनों बाद हम मिले तो मैंने पूछ ही लिया उस दिन,

"हंस क्यों रही थी, मैं सीरियस था"।

"मुझे लगा तूने पी ली है और नशे में कुछ भी अनाब-शनाब बोले जा रहे हैं।"

फिर मैंने पूछा उससे, "मेरे घरवाले मान जाते तो क्या मुझसे शादी कर लेती?"

उसने कहा, "हां मैं कर लेती"।

बस अब मैं चुप हो गया, फिर मुस्कुराया, आज मुझे अपने सारे सवालों का जवाब मिल गया था। हमने उस दिन ढेर सारी गपशप की, फिर साथ खाना खाया और फिर मैं मुंबई वापस लौट गया। यहां पर अब क्या है ना कि, मैं नहीं चाहता जैसे मैंने इशिता को खोया, वैसा ही अब फिर दोबारा हो। अपने प्यार को किसी और के साथ शादी के जोड़े में देखना, इससे ज्यादा बुरा ख्याल इस उम्र में हो ही नहीं सकता। जब आप किसी को हद से ज्यादा पसंद करने लगते हैं तो आपकी सबसे पहली ख्वाहिश आपसे ये कहती है कि मुझे सारी उम्र बस इसी के साथ रहना

है। साथ आप की सबसे बड़ी चाहत होती है। मैंने भी यही चाहा और दोस्ती कर ली उससे। वैसे तो मैं जानता हूं कि वो भी पसंद करती है मुझे, प्यार करती है या नहीं, ये तो वही या फिर उसका खुदा जाने। वैसे सस्पेंस में जीने का अलग ही मजा है। मैं पूछूंगा नहीं, वो बताएगी नहीं। हां हां यही कशिश है, दोस्ती और प्यार के बीच के फासले में, और मुंबई से देहरादून की दूरी में।

अभय से पूरे एक महीने से बात नहीं हो पाई है। वो अपने जहाज पैसेजवे पर है। पता नहीं कब वापस लौटेगा। जब लौटेगा भी तो शायद मैं ना मिलूं। मैं भी परसों सेलिंग पर जा रहा हूं। प्रतिक्षा और अभय से नाजाने अब कितने दिन या फिर महीनों तक बात नहीं हो पाएगी। लेकिन जब होगी तो वो मेरी मर्जी का दिन होगा। मैं अपने परिवार और तुम दोनों को, क्योंकि अब तुम भी इसका हिस्सा हो बहुत मिस करूंगा यार।

CHAPTER - XI

हां तो दोस्तों इस वक्त मैं हूं जमीन से 251 माइल दूर। 30 नोट की रफ्तार से हवा चल रही है। यहां पर समुंदर की गहराई है एक दसमलव दो किलोमीटर। ऊंची-ऊंची लहरों से इस वक्त हमारा सामना हो रहा है। रिलेशनशिप को ऐसे खराब समंदर में चलाना किसी ऑटो को खराब सड़क पर चलाने से ज्यादा मुश्किल है। मौसम बहुत ख़राब है लेकिन धूप तो आज ऐसे निकली है जैसे आज तक कभी ना निकली हो। तूफान में समुंदर के खारे पानी के छींटे भी हमारे चेहरों पर बारिश की तरह बरस रहे हैं। ऐसा आज का दिन है। मजे की बात ये है कि अब तक मैं 7 देश घूम चुका हूं। रूस, जर्मनी, यूएई, स्पेन, इटली, मेक्सिको और फ्रांस। फ्रांस मैं हां मुझे पेसेजवे नजर आया। अभय और मैं साथ मिले, एक बार में मेरे और चार साथियों के साथ। नीरज, मयंक, कतवाल और चौहान। तो महफिल जमी चारों तरफ चकाचक बोतले सजी। सुरुर बढ़ने लगा और हंसी मजाक ठहाको से सारा बार तो जैसे जगमगाने लगा।

उस दिन अभय ने मुझे बताया कि हो सकता है कि वो कुंवारा ना रहे क्योंकि अब एक शरीफ सुशील कन्या की तलाश मे उसका सारा परिवार था। कुछ तस्वीरें उसे भी भेजी गई थी जो इस वक्त वो मुझे दिखा रहा था। काफी तस्वीरें थी वो, मुझे लगा बस थोड़ी सी है। ऐसे हालत में जहां दोस्त शादी करने जा रहा हो वहां मेरा फर्ज है कि मैं अपने दोस्त को इस उम्रकैद से रोकू। वो वैसे मुझसे एक और कदम आगे था। हर लड़की को शक की निगाहों से देख रहा था। उसे लगता था कि इन सारी लड़कियों का बॉयफ्रेंड तो जरूर है। एक लड़की मैंने पसंद की तो उसमें भी उसे खामी नजर आई। मैंने कहा सही तो है, तो कहता कि नहीं, गौर से देख इस लड़की की तस्वीर किसने खींची होंगी?

"अरे कोई लड़की भी तो हो सकती है जरूरी थोड़ी ना है कि किसी लड़के ने ही खींची हो।"

"नहीं दो लड़कियां आपस में हमेशा सेल्फी लेती है।" अभय ने कहा।

मान गया अभय को, मतलब इसका सारा ज्ञान ना बस खुराफाती बातों मे लगता है। वैसे मैं अंदर ही अंदर से दुखी भी था। मेरा कोई दोस्त शादी जब करता है तब मुझे ऐसा लगता है कि वो दुनिया छोड़कर जा रहा है। मतलब मुझे छोड़ कर जा रहा है।

बहरहाल सब ने अपनी जिंदगी से जुड़े किस्सों को सुनाने की शुरुआत करी। ऐसी महफिल में ना, जहां नशा हो और सारे दोस्त इकठ्ठा बैठे हो, यहां पर दो तरह के लोगों के साथ सबसे ज्यादा ज्यादती, सबसे ज्यादा जुल्म होता है। पहले वो जो ना पीने वाले हैं और दूसरे वो जिनकी कोई गर्लफ्रेंड नहीं होती।

ये दोनों ही प्रकार के जीव खुद को बहुत ही असुरक्षित, बहुत ही ज्यादा अकेला महसूस करने लगते हैं। मयंक इन दोनों ही श्रेणियों के अंतर्गत आता था। मयंक ने कभी पीने की कोशिश नहीं की थी लेकिन गर्लफ्रेंड बनाने की कोशिश वो जबरदस्त किया करता था। उसका एक किस्सा ये है कि जब वो अपनी पिछली छुट्टी से वापस लौट रहा था तब उसकी मुलाकात एक लड़की से हुई जो ट्रेन में उसकी बगल वाली सीट पर बैठी थी। दिक्कत यहां पर ये थी कि वो अकेला सफर तो कर नहीं रही थी। लिहाजा उसका पूरा परिवार उसके साथ था। अब इस लड़के का भोलापन तो देखो। इसने अपने पांव की एडी पर अपना नंबर लिखा और गोल गोल घुमाकर उस लड़की को दिखाने की कोशिश करने लगा। वो लड़की सोई थी, नींद में आंखें कैसे खोलती। तो इन भाई साहब ने 10 रूपये के एक नोट पर अपना नंबर लिखकर उसकी सीट पर फेंक दिया और खुद भी तकिया सटाकर, चादर ओढ़ कर अपनी सीट पर सो गए। जब इनकी नींद खुली तो वो लड़की अपने स्टेशन पर उतर चुकी थी, जो स्टेशन अब गुजर चुका था। अब भाई की चेतना जागी और उन्होंने 10 का नोट उसी सीट पर पाया जहां पर अब वो लड़की नहीं थी।

मतलब क्यों लोग करते हैं ऐसी नामुमकिन कोशिश, सस्ती कोशिश, मतलब 2000 का नोट रखता। खैर ये सारी बात याद करकर हम फिर हंस रहे थे। वैसे इस बार में सबसे ज्यादा मजा तो चौहान को आ रहा था। दारू की वजह से नहीं बल्कि एसी की ठंडी हवा की वजह से। मिलिए चौहान से, पापाज प्रिंसेस ममाज बॉय चौहान। चौहान को हर जगह सहूलियत चाहिए,

जैसे कि वो ज्यादा पैदल चल नहीं सकता तो थोड़ी सी दूरी के लिए भी टैक्सी चाहिए, धूप में भी वो ज्यादा रह नहीं सकता इसलिए ऐसी चाहिए, चाय भी किसी टपरी पर नहीं पीता वो उसे सी.सी.डी चाहिए।

चौहान सारे ब्यूटी प्रोडक्ट अपने चेहरे पर आजमा चुका है और सारे परफ्यूम अपने कपड़ों पर इस्तेमाल कर चुका है। दिखने में हाइट में लंबा है लेकिन सर पे बाल काम है चौहान के, और पी पी कर तो तोंद ऐसे निकली है जैसे 4 महीने की कोई नन्हीं जान उसके गोलाकार आकृति वाले पेट में पनप रही हो।

कतवाल इस वक्त अपना पेग नापतोलकर बनाने मैं मसरुफ है। सही मात्रा में दारू, आईस और पानी का मिश्रण, यही है कतवाल की खासियत। कतवाल के साथ मैंने आधे से ज्यादा मुंबई घूमा है और विदेश में तो मैं हर जगह उसी के साथ घूमा हूं। कतवाल बहुत ही अच्छी तस्वीरें खींचता है। वो एक लाजवाब फोटोग्राफर है। अच्छी बात ये है कि जब भी हम साथ घूमते हैं तो कोई प्लेन नहीं बनाते। कहां जाना है कहां घूमना है कोई फैसला नहीं लेते। बिल्कुल बंजारों की तरह जहां मन करता है वही हमारा कारवा निकलता है।

नीरज कुछ खोया-खोया सा लगता है। हर तरफ नीले आंखों वाली, सुनहरे बालों वाली, हद से ज्यादा गोरी लड़कियां जो बैठी है। यार ये तो कतई नाइंसाफी है। जिसे अपनी देश की लड़कियों से प्यार नहीं, उसे विदेशी लड़कियों से फ्लर्ट करने का कोई अधिकार नहीं। यही नारा दिया था मैंने उस दिन। नीरज बातों से बड़ा इमरान हाशमी बनता था मगर हिम्मत और हरकतों से पूरा देवदास था। दोस्ती यारी के मामले में नीरज बहुत ही नेक दिल

था। हर मदद के लिए हर वक्त राजी। कुछ लोग संजीदा होते हैं कुछ लोग खामोश होते हैं और कुछ लोग एक आम जिंदगी बसर करते हैं हंसते-खेलते लेकिन अंदर से वो बिल्कुल बिखरे होते हैं। उन्हें किसी के प्यार किसी के साथ की जरूरत होती है लेकिन वो कभी गुजारिश नहीं करते। नीरज ने हाल ही में किसी अपने को खोया है। जिन्होंने आपको जिंदगी दी हो, उनका जिंदगी से जाना बहुत तकलीफ देता है। नीरज के पापा नहीं रहे, लेकिन फिर भी वो कितना खुश रहने की कोशिश करता है। माथे पर कोई शिकन नहीं चेहरे पर कोई दर्द नहीं लेकिन हाले दिल तो नजरें बयां कर दी देती है।

हम सारे दोस्त, उसका परिवार उसके साथ था लेकिन मैं जानता हूं उसे एक हमसफर की जरूरत थी। कुछ लोग ये मानते हैं की रिलेशनशिप, बॉयफ्रेंड, गर्लफ्रेंड ये सब शादी से पहले होना असामाजिक है, या फिर बेमानी है खुद से अपने ईमान से। ये लोग वो है जिनके जमाने में शादी 18-19 की उम्र में ही हो जाया करती थी। यही नहीं बल्कि बाल विवाह तक होते थे।

हमारी पीढ़ी, हमारे इस दौरे में शादियां 28-29 के बाद ही शुरू होती है। ये उम्र तो बढ़ गई है मगर हमारे दिल, भावनाओं, सुख-दुख का क्या जो बहुत पहले ही विकसित हो चुके है। ये कैसी विडंबना है जहां जीवनसाथी के साथ की जरूरत पहले पड़ती है मगर शादिया देरी से होती है। मैं खुश हूं, कम से कम हमारे इस दौर में सती प्रथा और बाल विवाह तो नहीं होते। मैं उम्मीद करता हूं कि नीरज को भी कोई अच्छा जीवनसाथी मिले जो उसके सुख-दुख को समझे, जिसके कंधे पर सर रखकर वो अपने दिल की बातें कह सके।

तो ये थी बात मेरे रंगबाज दोस्तों की जो एक दूसरे पर जान छिड़कते थे, एक साथ हंसते थे। हंसने से याद आया सबसे ज्यादा कातिलाना हंसी अगर किसी की थी तो सिर्फ मयंक की थी। वो एक दोस्त होता है ना हम सभी के ग्रुप में जो जब हंसता है तो उसकी हंसी इतनी भयानक होती है, इतनी खौफनाक होती है कि सभी बिना किसी बात के बस उसी को हंसता हुआ देख खुद हंसने लगते हैं।

काफी यादगार दिन है ये हम सभी के लिए। नया शहर, नई जगह और वही पुराने दोस्त। बहुत देर हो गई थी हमें, हम कबसे वहां बैठे हुए थे लिहाजा हमने अब जल्दी-जल्दी सब कुछ निपटाया और वहां से चलते बने। लौटकर अब वापस अपने देश भारत पहुंचने की तैयारी हम सब कर रहे थे। मेरे मन में बस एक ही ख्याल था कि अब जल्दी से छुट्टी लेनी है और अपने घर जाना है। अच्छा लगता है जब आप वापस फिर उन्हीं गलियों से गुजरते हैं जहां से कभी आपने जिंदगी की शुरुआत की थी।

CHAPTER - XII

कुछ दिनों की सेलिंग के बाद हम मुंबई वापस लौटे और पेसेजवे ने गुजरात में एंट्री ली। सब कुछ सही चल रहा था अभी तक मगर मेरी छुट्टी की तारीख आते-आते देश और दुनिया में कोरोना भी आ गया। शुरुआती दिनों में ये काफी तेजी से फैला और मुंबई में खासकर ये दुगनी रफ़्तार से बढ़ने लगा। 24 मार्च 2020 भारत सरकार ने 21 दिन के लॉकडाउन का ऐलान किया जिसकी तारीख आगे और बढ़ती रही। 3 मई, फिर 31 मई, लॉकडाउन का पांचवा चरण तो 30 जून तक रहा। लॉकडाउन हटने के बाद भी अस्थाई तौर पर स्कूल, सिनेमा, मॉल, मुंबई की लोकल ट्रेन ये सब बंद रहे। मास्क पहनो, हाथ धोओ, दो गज की दूरी है जरूरी चारों तरफ बस यही एक नारा था।

वो लोग बहुत खुशकिस्मत थे जिन्हें अपने परिवार के साथ रहने का अवसर मिला। मेरा इरादा भी कुछ ऐसा ही था मगर मैं नाकामयाब रहा। बहुत खाली वक्त था मेरे पास। मैं अकेला था और इस खाली वक्त ने मेरा अकेलापन और बढ़ा दिया। अब इस अकेलेपन में और इजाफा ना हो इसलिए मैंने अपने

दोस्तों को, जान पहचान वालों को फोन करना शुरू कर दिया। जब बात हुई तो तब पता चला कि सभी को रामायण देखने का अलग ही शौक लग चुका था। सच कहूं, अब तो लोग मेरा फोन काट देते थे। क्या करूं मैं तो पब्जी भी नहीं खेलता और टिक टॉक भी नहीं बनाता, कैसे गुजरेंगे ये दिन तन्हाई में? इन्हीं ख्यालों के बीच लूडो मेरी जिंदगी में उम्मीद की किरण बनकर आया। मैंने लूडो बहुत खेला क्योंकि सभी खेल रहे थे। अब मैं हर शाम को लूडो खेला करता, ऑनलाइन, ऑफलाइन इतना तो शायद मैंने अपने बचपन में भी नहीं खेला। एक दिन मैं प्रतिक्षा के साथ ऑनलाइन लूडो खेल रहा था और उसने अपनी बचपन की सहेली पूजा को भी इसमें ऐड किया था। पूजा और मेरे बीच अक्सर दोस्ताना झगड़े होते। वो बहुत मजाकिया थी। किसी की भी टांग खींचना और फिर चिढ़ाना उसे अच्छे से आता था।

हम लूडो खेलते हुए जो उसमें चैट का ऑप्शन होता है उसी के जरिए आपस में बात किया करते थे। मैंने पूजा को कभी देखा नहीं था लेकिन सुना बहुत कुछ था उसके बारे में। प्रतिक्षा बताया करती थी उसके बारे में। उसने बताया था मुझे कि कैसे वो दोनों साथ में मसूरी घूमने गए थे। जब वो वहां घूम रहे थे तो ऊपर पहाड़ी से एक डब्बा नीचे लुडकते हुए आया। कुछ लड़के खड़े थे ऊपर। उन्हें देखकर पूजा उनमें से एक लड़के से कहती "ए लड़के तेरा बर्तन नीचे गिर गया।" मैंने जब ये बात पहली बार सुनी तो मैं बहुत हंसा था। ये दोनों पहुच तो गए थे मसूरी लेकिन वापस देहरादून आते समय मौसम इन पर मेहरबान हुआ और जमकर बारिश हुई। फिर क्या था ये दोनों भीगते-भीगते ठंड में ठिठुरते वापस आए।

लूडो में पूजा की खुद की डीपी नहीं थी। एक कार्टून की शक्ल में काले चेहरे वाली कोई डीपी लगाई थी उसने। मैं बेसब्र था इसलिए एक दिन पूछ ही लिया उससे।

"क्या तुम सचमें इस डीपी जितनी काली हो या फिर असल जिंदगी में इससे भी ज्यादा काली हो?" ये पढ़कर पूजा और प्रतिक्षा दोनों हंसने लगे फिर प्रतिक्षा ने टाइप किया।

"ब्लडी रेसिस्टा"

रोजाना हमारी ऐसी ही बातें हुआ करती थी फिर पूजा से मैं व्हाट्सएप के जरिए जुड़ा। वो छोटे कद की सेहदमंद और मेरे वहम से एकदम विपरीत गोरी थी। एक खास बात थी उसमें, और वो ये कि वो मुस्कुराते हुए अपने लबो पर हरदम खुशियां रखती थी। पूजा की बातो मे हमेशा एक चुलबुलापन रहता था। बड़ी नटखट थी वो। व्हाट्स एप पर जब मैंने उसे दोस्ती का पहला मेसेज भेजा था, "हेलो" तो पूजा पूछती, "कौन" फिर मैंने लिखा, "अजनबी" फिर पूजा ने एक गाने का वीडिओ भेजा था, "दो अनजाने अजनबी... चले बाँधने बंधन, हाए रे.. दिल मे है ये उलझन मिलकर क्या बोले"।

अब मेरी पूजा से भी बात हुआ करती थी और प्रतिक्षा से भी। कुछ दिनों बाद मुझे इस बात का अंदाजा हुआ कि एक वक्त मे दो सहेलियों से बात करना कितना कठिन है। इसकी साफ वजह ये है कि बातें इधर से उधर होने लगती है। मतलब कभी एक सी तारीफ करदो दोनों के लिए तो दोनों के स्क्रीनशॉर्ट इधर से उधर हो जाते हैं। ये सब तब क्यों नहीं होता जब मैं दोनो के लिए कुछ अलग कहता हूं, या फिर स्क्रीनशॉट मुझे

शेयर क्यों नहीं होते। ये तो वही बात हुई ना कि मेरी सारी बातें सार्वजनिक हो जाती है और इनकी बातें राज रह जाती है।

खैर मुझे इन सब बातों से क्या लेना देना। महिलाओं के ऐसे बर्ताव को कौन समझ पाया है आजतक। हम लड़के ऐसी हरकत नहीं किया करते क्योंकि यहां खतरा बढ़ जाता है। अगर मैं अपनी किसी महिला मित्र की बातचीत का स्क्रीनशॉट अपने किसी दोस्त को भेजूं और वो लड़का हो, तो मैं ये बतादू कि ये लड़के बड़े हरामी होते हैं। ये मुझसे बड़े धुरंधर और मुझसे बड़े वाले उस्ताद है। ये लड़की की सारी जानकारी निकालने में अव्वल और फिर उसे पटाने मैं एकदम होनहार है। ये कलको मेरे पीछे पड़ जाएंगे कि प्रत्युष कुछ भलाई और नेकी का काम करो, हमारी भी बात करा दो उससे। अबे यहां मेरा घर नहीं बस रहा क्यों और दुख देना चाहते हो।

CHAPTER - XIII

ऐसे ही अब दिन महीने गुजर रहे थे फिर दिसंबर का महीना आया, तारीख 4 दिसंबर। कोरोना का असर कुछ कम हुआ था। अब पहले की तरह लोग दफ्तर जाने लगे थे। मैं लॉकडाउन के बाद से अभी तक बाहर नहीं निकला था, कहीं घूमा नहीं था। अच्छी खबर ये थी कि अभय मुंबई आ चुका था और आज शाम हमारा घूमने और साथ पीने का इरादा था। अभय पहले मेरे जहाज पर आया और फिर हम साथ निकले। रास्ते में हमें दो और दोस्त मिले, गुट्टा और विनोद पाल। पाल, गुट्टा, अभय और मैं हम चारों लंगोटिया यार है। नौकरी की शुरुआत से ही हम चारों साथ हैं। आज कई महीनों बाद हम चारो एक साथ आपस में मिल रहे थे तो भाई पार्टी तो बनती थी। घूमते-फिरते तो पहले हम लोग अंधेरी पहुंचे। पाल अपनी बुलेट लाया हुआ था जिसके पीछे मैं बैठा था और गुट्टा अपनी वही पुरानी बाइक पर था जो कब बंद पड़ जाए मालूम नहीं। अभय गुट्टा के साथ ही पीछे बैठा था। हम चारों अपनी अलग ही मौज मस्ती में थे

तभी रास्ते में हमें मदिरालय दिखा, बाइक की रफ्तार धीरे हुई हम चारों नीचे उतरे और बिना किसी देरी के अंदर घुस गए।

हम चारों जब भी साथ होते हैं कोई ना कोई बड़ा धमाका तो जरूर होता है और आज शाम भी ऐसा ही होने वाला था, तहलका मचने वाला था। आज की शाम रोमांचक होने वाली थी। हम चारों ने पहले तो अपनी-अपनी जगह घेरी फिर आराम से पैर पसारे व्हिस्की की बोतल मंगाई, तरह तरह का चखना ऑर्डर किया। बात करते-करते कम से कम अब तक हम तीन चार पैग तो टीका ही चुके थे और अभी भी पीना तो चल ही रहा था। टीवी पर भारत और ऑस्ट्रेलिया का पहला T20 भी चल रहा था। मुझे क्रिकेट में कोई खास दिलचस्पी नहीं है लेकिन पाल को बहुत है।

भारत बल्लेबाजी कर रहा था अड़तालिस रन, एक विकेट के नुकसान पर तभी सैमसन ने गेंद फेंकी, कोहली ने शॉट खेला, गेंद सीधा सैमसन के हाथों में और कैच आउट। हमारे सामने की टेबल पर बैठा एक इंसान ये सब देख कर बहुत खुश हुआ और खड़े होकर ताली बजाने लगा। अब देखो पाल बहुत ही गुस्सेल किस्म का था। उसे ये हरकत बिल्कुल पसंद नहीं आई।

“नीचे बैठ, ताली क्यों बजा रहा है बे” पाल ने कहा।”

“तेरा क्या जाता है अपना मुंह बंद रखना” उस बंदे ने कहा।”

शायद उस बंदे ने पैसे लगाए होंगे ऑस्ट्रेलिया पर तभी तो इतना उछल रहा था। हमने पाल को शांत बैठने को कहा। बड़ी मुश्किल से वो माना लेकिन अभी भी उसका चेहरा गुस्से से लाल था। थोड़ी देर बाद भारत का एक और विकेट गिरा और

उस बंदे ने हमारी तरफ देखकर सीटी बजाई। इससे पहले हम कुछ समझते पाल अपनी सीट पर नहीं था।

पाल भागते हुए पूरे गुस्से के साथ उस लड़के के पास गया और उसके मुंह पर एक जोरदार मुक्का मार डाला। देखते ही देखते उस लड़के के बाकी के दोस्त भी उठे और पाल को घेर लिया। हम तीनों ने अपनी सीट छोड़ी और पाल को बचाने भागे। पाल पर तो मानो भूत सवार था। उसे जो कुछ भी दिख रहा था वो उन चीजों से लड़ाई लड़ रहा था। उसे एक बीयर की बोतल दिखाई दी तो हथियार के तौर पर उसने वो भी उस लड़के के सिर पर दे मारी। हालात बहुत खराब थे। फर्श पे चारों तरफ खून और कांच के टुकड़े बिखरे हुए थे। हमें मालूम था कि यहां से जिंदा वापस लौटना है तो अभी यहां से निकलना होगा। ये लोग यहां के लोकल आदमी थे। थोड़ी देर बाद ये लोग अपने लोगों की और भीड़ इकट्ठा कर लेते। पाल तो बेकाबू हो चुका था तो गुट्टा ने उसके हाथ पकड़े, मैंने उसके पाव पकड़ लिए, अभय ने दरवाजा खोला और फिर हम पाल को उठाकर वहां से भाग गए। मैं डर रहा था। हाथाफाई की वजह से नहीं बल्कि पाल के बुलेट चलाने के अंदाज से। पाल की बुलेट तो मानो हवा से बात कर रही थी और मोड़ या फिर किसी चौराहे आने पर तो जैसे ब्रेक नाम की चीज ही नहीं थी। हर पल मुझे ऐसे लग रहा था जैसे सामने से मुझे यमराज लेने आ रहा है। हमें पता भी नहीं था कि हम किस तरफ जा रहे हैं बस चले जा रहे थे। बहुत देर के बाद जब मैंने इधर-उधर देखा तो हम वाशी पहुंच चुके थे और हमारे पीछे कोई नहीं था। हमने बाइक रोकी और सुकून की सांस ली। थोड़ी देर वहा ठहरने के बाद एक आवाज हमें सुनाई दी।

कोई हमें पुकार रहा था। जब हमने उस आवाज की तरफ देखा तो सामने से आलू हमारी तरफ साइकिल चलाते हुए आ रही थी। आलू यानि कि अनामिका। आलू हम उसे इसलिए बुलाते थे क्योंकि वो बहुत गोलमटोल थी, एकदम आलू की तरह। वैसे ये बात उसे पता नहीं।

हम सब आलू को पिछले 2 सालो से जानते हैं। वो यही मुंबई की रहने वाली है। आलू साइकल से उतरी और उतरते ही मुझे गले लगा लिया। मुझे ऐसे लगा जैसे मेरे प्राण निकल गए हो। एक तो कुछ देर पहले हुई मुठभेड़ में किसी ने मेरी पीठ पर कुर्सी मारी थी ऊपर से आलू की तगड़ी बाहों से तो मेरी हड्डियां टूट रही थी। बहुत मजबूर था मैं उस वक्त लेकिन गुट्टा और अभय को तो मस्ती सूझ रही थी। दोनों आलू की साइकिल लेकर रवाना हो गए और मुझे और पाल को अकेला छोड़ दिया।

आलू हम से पूछने लगी कि हम लोग कहां थे अबतक। मतलब कहां गायब थे, कोई फोन नहीं, मैसेज नहीं, मुलाकात नहीं। मैं इस बात का जवाब बल्कि माफ करना बहाना सोच ही रहा था कि तभी दोनों गुट्टा और अभय साइकिल पर सवार गाना गाते हुए हमारे पास आ रहे थे। "ये दोस्ती हम नहीं छोड़ेंगे, छोड़ेंगे दम मगर तेरा साथ ना छोड़ेंगे"

"इन्हें क्या हुआ है", आलू ने पूछा?

मैंने कहा, "कुछ नहीं गाना ही तो गा रहे हैं।"

मैंने गुट्टा और अभय को जल्दी वहा से निकलने का इशारा किया। हम जल्दी-जल्दी बाइक पर बैठे और आलू से झूठ बोला, "फिर मिलेंगे बाय"।

CHAPTER - XIV

मैंने ठान लिया है कि इस बार मैं अपने जन्मदिन पे प्रतिक्षा से जरूर मिलूंगा। पिछली बार ना मिलने का अफसोस है मुझे इसलिए इस बार इरादों मे ज़िद है। एक परेशानी थी मेरे सामने, मुझे उस वक्त छुट्टी नहीं मिल रही थी। मैंने जैसे-तैसे जुगाड़, जान-पहचान और बहानो से 5 दिन की इमरजेंसी छुट्टी ले ही ली। मैं सुबह उसी दिन जिस दिन मेरा जन्मदिन था एयरपोर्ट पहुंचा और पहुंचते ही प्रतिक्षा को फोन लगाया।

"हेलो मैं आ रहा हूं आज" मैंने बस इतना कहा।

मुझे 2 हफ्ते बाद अगर चाहता हो तो छुट्टी मिल जाती मगर मेरा पागलपन तो देखिए, सिर्फ इसी वजह से कि इस साल मुझे अपना जन्मदिन प्रतिक्षा के साथ मनाना था, मैंने बिना कुछ सोचे समझे इमरजेंसी छुट्टी ले ली थी। ये बात मैंने प्रतिक्षा को नहीं बताई। अगर बता भी देता तो समझाता क्या। वैसे भी इस वक्त जरूरी ये था कि वो मिले मुझसे।

वो मिली मुझसे, हम साथ घूमे, साथ में केक काटा और साथ ही हमेशा की तरह हम खुश थे। जिंदगी कितनी खूबसूरत है ना। ऐसा ही महसूस होता है जब सबकुछ आपके मनमुताबिक हो। प्रतिक्षा हैरान थी कि इस बार ऐसे अचानक जल्दी से मुझे छुट्टी कैसे मिल गई। अब उसे कौन बताएं कि मैं सिर्फ उससे मिलने आया था, नेक इरादों के पीछे की वजह नहीं पूछा करते।

प्रतिक्षा से मिलने के बाद मैं अपने घर की तरफ रवाना हुआ। अब क्या है ना कि अपने परिवार से बिना मिले वापस जाता तो मैं मतलबी हो जाता, खुदगर्ज कहलाता, मैं अंदर ही अंदर से घुटता रहता और खुद को कभी माफ नहीं कर पाता।

मैं अपने घर वालों से मिला। उन्होंने भी वही पूछा कि ऐसे अचानक कैसे आना हुआ और वो भी बस दो-तीन दिनों के लिए। जवाब मे मैंने बस इतना कहा कि फिर वापस आऊगा। मेरी छुट्टी खत्म हुई मैं वापस मुंबई गया लेकिन फिर 2 हफ्ते बाद वापस लौटा। इस बार 15 दिन की छुट्टी लेकर मैं आया था। इस बार मैं सीधा अपने घर गया। ताजजुब की बात है कि मेरे घर वाले मुझसे बहुत अच्छे से पेश आ रहे थे, मतलब बहुत बढ़िया वाली खातिरदारी हो रही थी। मुझे अपने घर वालो की खातिरदारी पर संदेह तो हो रहा था लेकिन दुविधा ये थी कि मैं कुछ समझ नहीं पा रहा था। घर वाले बड़े शातिर निकले, मेरी सोच से परे एक-दो दिन बाद उन्होंने शादी का जिक्र किया। ये सब मेरे लिए किसी सदमे से कम नहीं था। मैं सकते मैं आ गया। बड़ा गंभीर था मैं। मुझे ऐसे लग रहा था जैसे मेरे सर पर किसी ने बंदूक तान दी थी, एक-दो तीन और मैं खल्लास। जिंदगी खत्म। ये सारी बातें रात के खाने के बाद हुई। घर वालों

ने मुझे उस लड़की की तस्वीर भी दिखाई। मैं चुप रहा किसी से कुछ नहीं कहा और अपने कमरे मे चले गया। सुबह होते ही मैं अपने घर की छत पर गया। घबराइए नहीं खुदखुशी का इरादा नहीं था मेरा। मैं तो बस सुकून चाहता था।

मौसम का मिजाज तो देखिए। बड़ा दुर्लभ दृश्य था। बादल गरज रहे थे बिजली कड़क रही थी और बरसात बरस रही थी। मैं बाहे फैलाकर अंबर से आती बूंदों को अपनी हथेलियों में समेट रहा था। तेज हवाओं के झोंके पत्तों की सरसराहट की आवाज दरख्तो से मुझ तक ला रहे थे। मैं बारिश से तरबतर भीग चुका था। कभी इसी छत पर मैं पतंग उड़ाया करता था और वो पेड़ की टहनियों से उलझ जाया करती थी। वक़्त बहुत जल्दी गुजरता है ना। मेरा बचपन भी कितनी जल्दी गुजर गया पता ही नहीं चला। मैं अपने इन्हीं ख्यालों में खोया बारिश का आनंद ले रहा था फिर मैंने अपनी छत से नीचे उतरने के लिए अपने पांव रखें। जैसे ही मैं नीचे उतरने वाला था एक प्यारी सी आवाज मुझे सुनाई दी। वो आवाज इतनी सुरीली थी कि मैं खुदको रोक ना सका। उस आवाज की खनखनाहट ने मेरे दिल में मीठी सी हलचल मचा दी थी। जब मेरी नजरों ने उस आवाज का पीछा किया तो एक लड़की बारिश की बूंदों से लिपटी जा रही थी। वो भीगना तो नहीं चाहती थी मगर उसकी नाजुक कलाइयों ने छाते का साथ छोड़ दिया था, जिसे वो अपने साथ लाई थी। वो अपनी छत से अपने कपड़े समेट रही थी जो हालांकि भीग चुके थे। शायद रात भर वो कपड़े उसकी छत की तारों में सूख रहे थे जिन्हें वो वापस ले जाना भूल गई थी। एक पल को मुझे ऐसे लगा जैसे वो कोई अप्सरा है या

फिर जन्नत की कोई हूर-परी। उसकी आंखें मानो कोई सैयारा हो और चेहरा जैसे आफताब। उसकी जुल्फें ऐसी घनी थी जैसे कोई शब का साया। उसकी सुर्ख होठों की लाली और चेहरे की मासूमियत को ढकने बार-बार उसकी जुल्फें उसके चेहरे पर आ जाया करती थी। उसने जब अपनी जुल्फों को बड़ी नजाकत से सवारा तो मेरी नजरों ने उसे बड़े करीब से निहारा। उसका भावविभोर करता सौंदर्य जिसमें सादगी का श्रृंगार था, उसके गालों में खिलते डिंपल्स, उसके कानों में चमकती हुई बाली सब कुछ कितना सुंदर था। मैं और भी बहुत कुछ लिखना चाहता था, कहना चाहता था उसकी तारीफ में मगर यकीन मानिए आज मेरे शब्दों का साहित्य कमजोर पड़ रहा था। मैंने अपनी आंखें मलते हुए फिर उसे देखा। कहीं ये कोई सपना तो नहीं। उसके लंबे बाल जो उसकी कमर को छू रहे थे मैं उन्हें छूना चाहता था, उसकी नरम अंगुलियों को थामना चाहता था। मैं जानना चाहता था कि ये कोई हसीन हकीकत है या फिर मेरी कल्पना। कितना नादान था मैं जो कुछ देर पहले शादी के ख्याल से जूझ रहा था मगर अब देखो, कैसे एक लड़की की मौजूदगी ने मेरे इरादों को पिघला दिया था। मेरी छत से उसकी छत का फासला महज इतना था जितना किसी दहलीज को लॉघने मे लगता है। शायद वो मेरी नई पड़ोसन थी, शायद। या फिर लगता है कोई जादूगरनी जिसके होने से चारों तरफ मदहोशी का आलम था। ऐसी मदहोशी मे तो लोग अक्सर अपनी याददाश्त भूल जाया करते हैं। मैं भी तो आप सबको बताना भूल गया कि ये वही लड़की है जिसकी तस्वीर कल रात घर वालों ने दिखाई थी। वैसे देखा जाए तो आजकल लोगों की उम्र तस्वीरों में घट

जाती है। आमतौर पर लोग अपनी तस्वीरों में ज्यादा जवान नजर आते हैं।

सब DSLR का कमाल है और आजकल तो सभी ने बढ़िया वाली एडिटिंग भी सीख ली है। मैंने आज सुबह जिस लड़की को देखा था, अरे वही मेरी पड़ोसन। उसे जरूर ये सारी तरकीबे आती नहीं होगी। अगर आती तो मुझे पहली नजर में ही उसकी तस्वीर से प्यार हो जाता।

खैर अब क्या हालेदिल बयां करूं। मुझे बहुत अच्छे से मालूम है और मैं ये जानता हूं कि मुझे उस लड़की के तौर-तरीके, उसकी आदतें, उसकी पसंद-नापसंद का पता लगाना होगा, ऐसे ही तो जान-पहचान होती है, फिर दोस्ती होती है और आखिर में जब दोनों एक दूसरे को पसंद करने लगते हैं तो शादी होती है।

सुना है दिल का रास्ता पेट से होते हुए गुजरता है। ये बात सच भी है। आप कितना भी गिटार बजा लो, कितनी भी शायरियां लिख लो मगर, ये सब कुछ किसी अच्छे पकवान के सामने फीका है। मुझे तो अभी से खुशी महसूस हो रही थी क्योंकि खाना बनाने में तो मुझे महारत हासिल थी। खाना बनाना एक अद्भुत कला है और मुझे ये कला सीखने के लिए कड़ी तपस्या करनी पड़ी थी। दरसल मुझे खाना बनाना मेरे बड़े भाई साहब ने सिखाया था। उस वक्त ये सब सीखना मेरी जरूरत भी थी और मेरी मजबूरी भी। हम दोनों भाई उस वक्त किराय के एक कमरे में रहा करते थे। पढ़ाई और कॉलेज की वजह से हम दोनों ने वो कमरा लिया था। मेरा भाई उस वक्त MSc कर रहा था और मैं BSc के पहले साल में था। तीन

वक्त का खाना बनाना कोई आसान बात तो थी नहीं इसलिए मेरे भाई ने मुझे कड़ा प्रशिक्षण देना उचित समझा।

पहले दिन तो मैंने रोटी बनाने की कोशिश की। पहली बात तो ये कि मैं बेलन से रोटी को गोल आकार नहीं दे पा रहा था, दूसरी बात ये कि रोटी जल रही थी और तीसरी बात ये कि रोटी बहुत सख्त थी जिसे चबाया नहीं जा सकता था, निगलना तो दूर की बात है। जब मेरे भाई ने मेरी ऐसी दुर्दशा देखी तो उसे जरा भी तरस नहीं आया। उसने कहा मुझसे, "जितनी भूख है उतनी रोटी बना ले अपने लिए। मैं अपने लिए अलग से खुद रोटी बनाऊंगा।" मैंने उस रात जली हुई रोटियां खाई मगर अगले दिन से जो मुलायम रोटियां बेली ना, मुझे याद है। ऐसा नहीं है कि मेरा भाई पत्थर दिल या बेरहम है, बल्कि उसे तो मेरी फिक्र रहती है। वो तो बस इतना चाहता है कि मैं आत्मनिर्भर बनू।

CHAPTER - XV

चलो अब यहां से वापिस अपनी कहानी में लौटते हैं। हां तो मैं ये कह रहा था कि मुझे खाना बनाना अच्छे से आता है। मैंने सोचा क्यों ना इस हुनर को आजमाया जाए। यहां पर मेरी पहली शुरुआत दो कप चाय से हुई। मैंने उस लड़की को खिड़की से देखा। वो अपनी छत पर टहल रही थी। मैं जानता हूं वो सनसेट देख रही थी। अब ऐसे माहौल में मैंने झट से दो कप चाय बनाई और अपनी छत पर चले गया। मुझे समझ नहीं आ रहा था कि मैं उसे कैसे बुलाऊ, नाम भी तो नहीं जानता था। मैंने जो भी हो हिम्मत करके जोर से "हेलो" बोला। उस लड़की ने मेरी आवाज सुनते ही मेरी तरफ देखा। जैसे ही उसने मेरी तरफ देखा मैंने एक हाथ से चाय का कप आगे करते हुए उसे इशारा किया।

वो हैरानी से मुस्कुराई और मेरे पास आई। यहां पर देखो हम दोनों की छत के बीच ज्यादा फासला नहीं था तो मैंने दोनों चाय के कप उसे पकड़ाए और अपने कदम उसकी छत पर रख दिए।

“तुम्हारा नाम प्रत्युष है ना” उसने पहला सवाल पूछा।

“हां यही नाम है और आपका”

“सिखा, वैसे चाय क्या आपने बनाई है”

“हां कभी-कभी खुद बना लेता हूं।”

“क्या बात है बहुत अच्छी बनाई है, फिर तो आप खाना भी बहुत सही बनाते होंगे।”

“अमम... अब इस बात का जवाब अगर आप देंगी तो सुनकर अच्छा लगेगा”

“चलिए फिर बुलाइए कभी दावत पर। इंतजार रहेगा आप के हुनर को चखने का।”

“जी जरूर, वैसे आज सुबह आपने अच्छी कोशिश की मगर अफसोस कपड़े तो सारे भीग गए ना”

“काफी तेज नजर है आपकी, लेकिन आप सिर्फ देख तो नहीं रहे थे जरूर कुछ सोच भी रहे थे। क्या सोच रहे थे।”

“सच कहूं”

“हां”

“मैं ये सोच रहा था कि आपके साथ कहीं दूर फरार हो जाऊं।”

सिखा हंस रही थी लेकिन अब उसे क्या बताऊ कि मैंने तो उसे उस वक्त अपने लफ़्ज़ों से सहेज लिया था। हर रोज अब धीरे-धीरे दिन गुजरते रहे। मैंने हम दोनों के मुस्तकबिल के बारे में अभी से सोचना शुरू कर दिया था। मैं सोचता था कि कैसे हम दोनों साथ में शॉपिंग किया करेंगे, थिएटर हाल में मूवी देखा करेंगे या फिर साथ में कहीं घूमने जाया करेंगे।

मुझे अब भी याद है कि एक बार मैंने उसके लिए तोफा खरीदा था। जब मैंने उसे वो दिया तो वो नाराज हो गई थी। उसने वो तोफा नहीं लिया। जब मैंने उसे पूछा कि आखिर वजह क्या है, तो कहती जब मेरी नौकरी लग जाएगी तब मैं ये तोफा कबूल करूंगी। मैंने पूछा ऐसा क्यों? तो फिर कहती कि मैं भी तुम्हें तोहफा दूंगी उस दिन और उस तोहफे की कीमत तुम्हारे तोहफे जितनी होगी। सिखा बहोत खुदगर्ज थी और मैं उसकी इसी खुदगर्जी पर मारता था। मुझे कहीं ना कहीं इस बात का अहसास होने लगा था कि हम दोनों के बीच समझदारी का नाता है। अब मुझे इस बात का यकीन था कि शादी कर लेनी चाहिए। हम दोनों के परिवार शादी के लिए राजी थे। देखते ही देखते एक दिन हम ने शादी कर ली।

हमारी शादी को पूरा एक साल हो चुका है। इस एक साल में मैंने एक बात जानी है। मुझे अब उस सवाल का जवाब मिला है जो हर नौजवान सोचता है। आखिर शादी क्यों करनी चाहिए, इसकी जरूरत ही क्या है, हम आजीवन अकेला या फिर आजाद क्यों नहीं रह सकते। अब चलो इसे थोड़ा समझने की कोशिश करते हैं। इसे थोड़ा आसान बनाते हैं। मैं आप सभी को अपनी जिंदगी के नजरिए से इसे समझाने की कोशिश करता हूं। जब मैं छोटा था और अपने भाई से झगड़ता था तो तब उस मसले को मेरी माँ सुलझाती थी। जब कभी भी मुझे पैसों की जरूरत होती थी तो मेरी माँ मुझे समझती थी। यहां तक कि मेरी कोई भी फरमाइश जिसे मैं पापा को नहीं बता पाता था जैसे कि बाइक, नया फोन या फिर नया लैपटॉप। उस बात को मेरी माँ पापा तक पहुंचाती थी। परिवार के हर सदस्य के बीच

आपसी तालमेल बिठाना ये केवल एक महिला द्वारा संभव है। अब वो महिला कोई भी हो सकती है। आपकी बहन, आपकी मां या फिर आपकी जीवनसाथी। हम पुरुष तो केवल आर्थिक सहायता कर सकते हैं या फिर ज्यादा से ज्यादा एक घर बनवा सकते हैं, लेकिन उस घर में रहने वालों के बीच बातचीत हो, प्यार हो, हंसी मजाक हो इन सारी बातों को सुनिसचित करना केवल किसी महिला के बस में हैं। जब से सिखा मेरी जिंदगी में आई है तब से इस घर का आंगन, घर की रसोई, घर का पूजा स्थल सब कुछ कितना अनमोल सा लगता है। आज भी सिखा इतनी खूबसूरत है कि सुबह की पहली किरण के साथ उसे देखना मेरे मन को भाता है। सिखा की आवाज आज भी इतनी अनोखी है कि मैं उसकी हर बात मान जाता हूं। शादी से पहले मुझे लगता था कि जो लोग इश्क से महरुम रहते हैं उन्हें खुदा लिखने का इख्तियार जरूर देता है। मैं यहां पर झूठा साबित हुआ। जब कोई अपना हाथ छुड़ाकर आपसे दूर जाता है तो उसमें एक कशिश है, लेकिन जब कोई खुशी से आपको गले लगाता है तो उसमें और भी ज्यादा कशिश है। मैं आप सभी से बस इतना कहना चाहूंगा कि जो लोग आपसे प्यार करते हैं, उन्हें अपना वक्त जरूर दीजिए। क्योंकि पता नहीं, अबके बिछड़े, फिर कब मिलेंगे।

"इश्क का इल्म नहीं मुझे शायद
ये इनायत खुदा की रहमत सी लगती है
तेरे चेहरे को रोशन करता ये नूर
अब मेरी चाहत सी लगती है"

- प्रियांशु रावत

www.ingramcontent.com/pod-product-compliance
Lightning Source LLC
LaVergne TN
LVHW091801140926
848035LV00044B/604
9781638736684

कशिश

अपने जहाज रिलेशनशिप मे सेलिंग करते हुए प्रत्युष अपने परिवार, दोस्तों और अपनी मोहोब्बत से दूर होने लगा है। एक नहीं बल्कि दो बार प्रत्युष की ज़िन्दगी मे प्यार ने अपनी दस्तक तो दी, मगर उसका साथ नहीं दिया। नाउम्मीदी के सहारे जब प्रत्युष ने अपनी ज़िन्दगी को जीना सीख लिया तभी एक बार फिर उसके दिल मे मीठी सी हलचल हुई। क्या इस बार भी उसका प्यार अधूरा रह जाएगा.... जानते है आगे इस कहानी मे।

कशिश देवभूमि उत्तराखंड के निवासी प्रियांशु रावत की पहली किताब है। इस किताब के जरिये उन्होंने एक सेलर की ज़िन्दगी को दर्शाने की कोशिश की है और साथ ही अपने शब्दों के सहारे उन्होंने रिश्तो की एहमियत, और उनसे जुड़े जज्बातों को अपनी इस किताब मे लिखा है। हिंदी भाषी प्रियांशु रावत ना सिर्फ हिंदी, बल्कि उर्दू को भी अपनी रचनाओं में शामिल करते है जिसकी झलक आपको आगे इस किताब मे भी नज़र आएगी।

ISBN 978-1-63873-668-4

90000

9 781638 736684

notionpress.com